成人诗歌

花语

朱槿◎著

U0783058

广东旅游出版社
GUANGDONG TRAVEL & TOURISM PRESS
悦读书·悦旅行·悦享人生

中国·广州

图书在版编目（ＣＩＰ）数据

花语 / 朱槿著. — 广州：广东旅游出版社，2016.11
ISBN 978-7-5570-0575-7

Ⅰ. ①花… Ⅱ. ①朱… Ⅲ. ①诗集－中国－当代 Ⅳ. ①I227

中国版本图书馆CIP数据核字(2016)第233040号

出 版 人：刘志松
策划编辑：陈晓芬
责任编辑：陈晓芬
装帧设计：谢晓丹
责任技编：刘振华
责任校对：李瑞苑

花语
HuaYu

出版发行：广东旅游出版社
广州市越秀区环市东路338号银政大厦西楼12楼
邮编：510180
邮购电话：020-87348243
广东旅游出版社网站：www.tourpress.cn
深圳市希望印务有限公司印刷
（深圳市坂田吉华路505号大丹工业园A栋二楼）
开本：787毫米×1092毫米　　1/32
印张：6.25
字数：80千字
版次：2016年11月第1版
印次：2016年11月第1次印刷
印数：1-3000册
定价：29.80元

01

风 / 景

纵使四季轮回，荣了又枯，可我们还是爱着蓝天白云、花花朵朵。

2

02

遐／想

"世间何其纷扰，美或者不美，又有何分别。"

3

4

03

流／年

她的身影 烟一般 落在他墨色的 戎马生涯里 如梦如幻。

5

6

纵使四季轮回，荣了又枯，可我们还是爱着蓝天白云、花花朵朵。

01

风／景

春天之一

这里的春天
娇柔得
好似樱桃
不曾有须臾的
燕赵寒气

春天之二

许多的向日葵
在外面嬉闹着
她丢下书本
看见春天　调皮地
眨着眼睛
躲到了门外

春天之三

春天在柳树的枝头
不停变幻着
读书人的字里
满满的都是
烟雨和晴明

春天之四

天真的小花朵
在明净的春天里
轻轻绽放
她烂漫一笑
世间就落满春天

春天之五

小花朵在细雨里

安静地写着诗篇

天晴的时候

就交给黄鹂

一句句地

读给春天

春天之六

是燕子的轻盈
是小花朵的空灵
是绿芽的新生
是风中说着悄悄话的
小精灵

春天之七

娇憨的小花朵
三三两两的
讲着暖暖的小话
春天懒洋洋地
走过来了

春天之八

春天轻盈得

像一个

温柔的眼神

她轻轻地

抬一下睫毛

什么也没有说

春天之九

一粒花朵
就是春天的
一句 言语
鸟叫声是标点
你看她把标点
用得多么的
任性婉转

立春

下一年的立春
要去看看
是哪一片花朵
把春天留了下来
定居在这里

耳语

多么柔软的风声
你有没有听出
这是春天
悄悄的
一场耳语

初春

许多的小草
还没有睁眼
孤单的她
决定回到
云朵之上
等着阳光
再把她叫醒

早春之一

许多的孩子
在开心地嬉闹着
笑声把大地
渐渐染绿了

早春之二

雪花轻灵地落在
他的肩上
落在故居
明亮的黑瓦片上
落在烟雨江南
摇曳千年的痴梦上

栀子

不知道栀子
盛开了没有
她开着她的
我开着我的
小花骨朵

玉兰

玉兰花从春天
轻轻走过
拈走许多
青青的甜蜜

柳絮

天空好蓝
太阳好晃眼
柳絮淡淡地写着
无人可寄的
许多诗篇

音 乐

他打算在细雨里
访问花朵
可是小花朵
不高兴地回复说:
　"请不要打扰我
聆听雨中的音乐。"

小夜曲

夜神君蒙着
黑色的面纱
走过来了
他在溪畔
弹起琴来
敏感的人听到了
高兴地说:
我梦见娃娃鱼
在小溪里唱歌了
他唱了很多很多
好听的山歌

春风沉醉的晚上

春天几曾真正甜蜜
琐事太多
春风已被淹没
我瞧见春天
喝着啤酒
惺忪地说：
兰草开花了
你去看了没有？

背影

光阴迤逦走远

我站在树荫里

看着春天

越走越远

留下一个

永不回头的

青色背影

雨天的校园

竹林里　不见鸟鸣
草木上　时有雨声
路上几处光影
写着　细碎的诗情

月下

她定定地看着
洁白的夹竹桃
在月光下
不停摇晃着
暮春的晚风
有着微微的凉

黄昏之一

细雨初歇
朦胧的小月亮
落在黄昏里的
玉兰树上
读书人在窗前
听见花朵
落在地上
脆声一响

黄昏之二

太阳落在远山
晴空一抹橘黄
蔷薇上描着
淡淡的流光

清 晨

如烟　如雾
竹林里落满了
清幽静谧

读书人的心里
飘起了　蒙蒙细雨

三两句的鸟声
开始　唧啾不已

月亮之一

月亮越过了
水墨色的群山
静静地　落在中天
像一个久别的人
望向　她的窗前

诗 话

小花朵们
安静地讲着诗话
三两颗星子
睡眼蒙胧地
聆听着

五月之一

五月里有着
透明的天空
初夏的微风
轻轻吹拂着
花树间的
万千绿影

夏天

风在轻轻地
吹过夏天
要不要坐下来
和月季们一起
喝一杯茶
聊一会天

紫藤

时光纷纷落在
紫藤花上
如雾　如烟
如淡淡的星光

乡 间

漫天的白月光
落在野蔷薇上
晚风送来了
明朗的香

033

荷 塘

有清清的香气袭来
不知道是荷花
还是荷叶
芬芳的香
满塘的蛙呀
也沉默不语

故 乡

是星子在微微地闪
是麦子在安静地
酣甜沉睡
是初夏的微风
拂过零星的犬吠

是异乡人的梦里
淡淡的　六月花蕊

北方的回忆

紫藤花架里

萦绕着

细密的蝉声

夏日淡成了

远远的

一抹绿影

月夜之一

丝缕的云彩
把天空染得　淡淡的
星子们像是要　说些什么
最后又　什么都没有说

秋叶轻轻落在
白月光上

江 南

桂子的香气
氤氲在薄雾里
细雨低语着
落满了　人间烟火

颜 色

细雨将远山
染成了烟青色
院子里的桂花
氤氲了书香色
读书人的心里
落满了茶颜色

039

秋夜

月光静静地落在

桂花树上

花朵里香得

像是有许多的秘密

云朵　还有小鸟

全都　不言不语

牵牛花

牵牛花的影子
在秋天里摇曳着
像秋风一样迷茫
像秋阳一样怅惘

秋天之一

不必说

秋菊是多么沉着

不必说

秋荷是怎样清幽

不必说

秋桂是多么神秘

单说秋风吧

如此缥缈　一如云烟

再说秋阳吧

这般烂漫　好似月光

秋天之二

云朵渐远
天空里有着
隐约的透明
小花朵的笑声
越来越冷清
草木愈加安静

秋天之三

窗外有着
紫颜色的秋花
和黄颜色的秋果
秋阳澄澈明朗
"这就是
秋的况味啦。"
她淡淡地说着

秋日公园

不晓得

一丛一簇的嬉笑

有没有惊扰到

秋叶　蚂蚁

还有飞鸟

粉色的花朵

在风中摇晃

也不知道她们

是欢喜是烦恼

云朵

一块云朵

在高高的天空里

安静地望着她

像一个相识已久的

老朋友

是几时认识的呢

她没有问

云朵也没有答

民谣

蟋蟀在秋天里
安静地唱着民谣
秋风弹着吉他
轻轻伴奏着

月亮之二

握着一本线装的书
我和秋天静对无言
银白的月亮淡淡地说：
和你一样
我想念李白

薄荷之一

银亮的月光下
薄荷淡淡地写着
浅蓝色的
一首小诗

月夜之二

月光淡淡地
洒在人间
桂花开得酣甜
如雾　如烟

城市之一

窗外浮着月亮

还有云朵

不闻秋虫

偶有秋叶

在风中

低语一声

城市之二

是谁挡住了
秋风的骏马
又是谁
吹散了
炊烟的诗篇

雾

好大的雾
时间好像
凝滞成一团
走得好慢

秋日荷塘

圆滚的荷叶
瘦小起来
荷花的笑声
越来越浅
荷塘里清寂一片
落满天光云影

秋 景

黄色的果实
在秋风里静默着
红叶上洒满了
薄薄的秋阳
淡白的秋霜
缓缓地　走过来了

白 露

小紫花绽放在
透明的白露里
仿佛下起了
一场蒙蒙细雨

聆 听

不知你是否聆听过
一朵小花的心事
一叶小草的细语
一滴小雨的情绪？

057

秋光之一

她看着秋光
一日一日地
跌落在
牵牛花上的紫色里
又一日一日地
凝噎在
矮冬青上的秋霜里

秋光之二

细雨蒙蒙地落在
星星点点的
牵牛花上
落在淡淡的
丝缕秋光上

秋光之三

风吹散了
灰蓝的云层
天空渐明
小野菊的笑脸
开始轻轻晃动

暖 冬

菊花开得烂漫
路灯的笑容　好温暖
这是南国
微笑着的　一个冬天

冬天之一

冬天就这么来了吗
小花朵们全无踪影
连鸟雀也不见一只
她的心里落下了
一层薄薄的雪

冬天之二

冬天的太阳静静的
他一个人坐在湖边
有西风冷冷吹过
一只麻雀低语着
越过了他的头顶
他也只是淡淡的
一动不动

北风

你有没有听过
北方的郊野里
冬天的冷风
像是许多个
愤怒的灵魂
在唱着大合唱

月

明月淡淡地说：

我已经忘记了

一切的喜悲

还有哀愁

065

问 梅

梅花淡淡地开了
花朵里不知道
有几多的惆怅
有几多的明朗

冬 雨

又开始淅沥地
下起雨来
外面是会有
灰霾的吧
天空是会有
一点青吧

青草

虽然我们只是青草

可也对大地爱得深沉

纵使四季轮回

荣了又枯

可我们还是爱着

蓝天白云

花花朵朵

以及人类

忆北京

记得二月的微风　烟柳

记得四月的黄沙　紫荆

记得七月的急雨　绿影

记得九月的银杏　秋声

记得十二月的大雪　洁白的城

"世间何其纷扰，美或者不美，又有何分别。"

遐／想

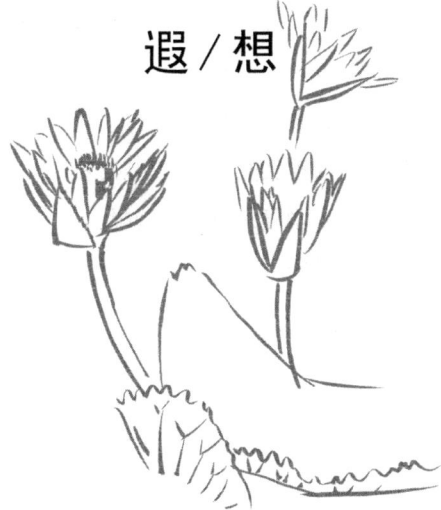

等待之一

风没有等过我
花朵没有等过我
光阴从来不会等我
我如何能够相信
你会等我
在冬天等我
在春天等我
在庞大的不确定里等我
在隐隐的风云变幻里
等我

中年

时光已纷纷离席
青春难过得
后退了一大步
中年的天光里
满满的都是
水墨颜色
分不清
是雨是晴

夜神君

夜神君张开了
黑颜色的垃圾袋：
"把不快乐
都丢进来吧
天亮的时候
我把它们
统统带走"

绿 意

纵使命运
如秋叶般飘零
心中依然有着
浓浓的绿意
落满江河

诗篇

不开心的时候
她就会去看
花花草草
看她们傻乎乎地
对着自己
暖暖地笑
"每一天都是
一首诗啊。"
小花草们
清脆地说着

喜怒哀乐

许多的喜怒哀乐

在马路上来往穿梭

纵使相逢

亦不相识

077

幸福

小茉莉问着云朵：

请您占卜一下

我的幸福在哪里

云朵安详地回答说：

在一切的细微里

在丝缕的风　点滴的雨里

在米粒大小的阳光里

在行人匆匆路过

浅浅的注视里

娃 娃

都是时光妈妈的孩子啊
有的长成了瓜果
有的长成了小花朵
有的长成了
会走路　爱说话的
小娃娃

爱之一

小天使

轻轻地飞过

幸运草就开始

长出青色的芽

春 天

"可我的生命里
满满的都是春天。"
小花朵在寒风里
静静地思索着

日　记

青苹果一样的青春
写在日记里
落满了烟雨
她听见光阴的飓风
呼啸着来了

又呼啸着走

路 口

是怎么就走到了
分岔路口
半明半暗的人生
忽地转了个弯
拖着心事
寂寂地走

蒲公英

她看着云起云落

看着草木一时繁盛

一时凋零

她心中也有苦涩

可她笑容灿烂

思想轻盈

"冬季我会蛰伏

春季就会勇敢前行。"

角色

就这么走到人海
有时候变成了
一粒糖
有时候变成了
一粒盐

乡下人的一生

是酸枣的味道
清淡中　偶有甜美
是蒲公英的味道
绵长的苦涩里
许多厚重的回味

秋风里

像一朵小菊花那么朴实
像一只小蚂蚁那么辛劳
秋风啊
请给我油灯那么微小的光
我愿做个婴孩　被这温暖环抱

仙人掌

她长在沙漠里
是一棵倔强的
仙人掌
偶然有老鹰
从一旁掠过

就能够愉快地
会谈一场
夜晚微凉
她望向漫天的星光
　"我的世界浩瀚无边
从来不曾真正荒凉。"

月亮之三

月亮像一只猫

在黑夜里

安静地思索着:

　"世间遍布我的光华

　一点也不会害怕。"

海

大海何其磅礴

应该不会

有伤心难过

"你错了

我的眼泪

就像海水一样多。"

飞 翔

蒲公英的种子
在风里轻轻飘荡
"不管怎样
都要让灵魂
自由飞翔"

蝴 蝶

"为什么
花朵上面是光明
花影里面是黑暗？"
小蝴蝶迷惑地
在绿叶上面
独自思索着

扑克牌

时光的手里
握着一把扑克牌
心情好的时候
就会亮出来
教人看明白
心情不好
他就把牌扣起来
让你慢慢地猜

美

美完全没有
稳定的样子
有时候像一个苹果
有时候像一片叶子
有时候像一个哭泣
有时候又像是
一声轻轻的叹息

时　光

时光千姿百态
像许多
或悲或喜的花
或刚或柔的草
或东或西的鸟

时间之一

从来都看不清时间的模样
他有时候非常柔软
像一只泥鳅　自在地溜走
有时候又很坚硬
大石头一样　挡住去路

他也会倾听我的讲话
可是他从来都一言不发

时间之二

不知道时间

有多高有多瘦

他酷似一个太极高手

吃了你一拳

也没有反应

你去追赶他

他早就轻轻挪走

日子之一

开始和花朵为邻
日子开阔起来
一天比一天明朗
一点都不羡慕蝴蝶了
因为我的头脑

比她们还要轻盈

日子之二

日子就像年画
有鱼有花
有胖乎乎的娃娃
"没有时间
伤春悲秋了！"
她爽朗地笑着

她爱音乐

音乐里住着

很多的灵魂

有的乐天

有的激愤

有的淡然

有的天真

她不时地和他们

高谈阔论

一天

梦忍不住叹息一声
一粒灰尘停止了舞动
阳光眨了眨眼睛
继续向西而行

静 听

夜深人静的时候
她就会开始聆听
一杯茶里
轻轻的絮语

Blue

是瘦小的月亮
是流泪的星星
是阴天里
不开心的太阳
是秋风拉着大提琴
是凄迷的雨中
小花朵的深沉

103

爱之二

像月亮一样
淡淡的
许多的爱
可以给我吗

牵牛花与桑葚

牵牛花只有凡间想法：
如何扮靓一处篱笆
桑葚紫得深沉
住着一个厚重的灵魂
　"前世历尽云烟
一切皆是红尘。"

我和时间

我和时间静对无言
一秒钟以后
我还在原地
而时间却已走远
他从来不会等谁

谁也跟不上
他的步伐

同 行

光阴自顾自地前行
光明淡淡地说：
你走多远
我就会走多远

人生

不过是一场

长途跋涉而已

在风里　在雨里

在野蛮的黑森林里

黑夜长不到哪儿去

星星们比眼泪还小

一路上和蒲公英

愉快地交谈

临别的时候互道珍重

我们自在地开着

各自的花朵

分头走天涯

牡 丹

是什么样的尘世
连牡丹都想要归隐
"世间何其纷扰
美或者不美
又有何分别。"

中 药

香烟的雾气
氤氲在咖啡周围
他觉得自己
像一片秋叶

落在冷风里
世事如一碗中药
他慢慢地
慢慢地饮

夜之一

给旧故事添一把火

让灵魂

烟一般逸出

在墨色深藏的夜晚

轻盈游荡

巨大的城市

不露声色

隐秘地

陪着他　酒醉一场

联 系

他觉得自己

仿佛是一座孤岛

和外界的联系

经由空气

或者商品交易时

经由货币

可是　就不经由爱

也不经由恨

晚 年

时光留给他的

是自在的青山

和一只老黄狗

此外他还拥有：

春天的嫩芽

夏天的大雨

秋天的落叶

以及冬天的白雪

他每天都到山上蹓跶一遍

　"我不关心城市

怎么繁华

现在的我

只喜欢自然。"

叙 旧

往事如秋叶般
缤纷落下
絮絮地叙说着
离别以后
十二载的流光

夜 晚

往事如繁花一般
绽放在
深蓝色的夜晚
月亮好大　好圆

花朵之一

她分明看到
许多的小花朵
从旧课本里
跳了出来
立到了书桌上

丑小鸭

他讶异地看着她
仿佛一株草
忽然开出了
细美的花

诗情

她静静地
看着天光云影
看着城中的
绿意盈盈
看着街边的花朵
俊俏轻灵
她的心里
有许多的诗情
却不知 说与谁听

夜之二

傍晚的时候
夜神君提起了毛笔
开始在大地上泼墨
　"我喜欢国画啊。"
他乐呵呵地说着

119

图书馆

许多的人们

在书本的

白云深处

默默静坐

听三两句 鸟鸣

听泉水淙淙

西 风

五奶奶在房顶
种了许多的花草
大棵的红辣椒
还有仙人掌
遇见了我
总是问我要喜糖

我真是怕回到家乡
怕遇见奶奶
再问我要喜糖

这么多年
在南方闯荡
我拥有牛仔的情怀
却不曾有这样的时光
和谁一起养花草
一起煮饭　一起喂牛羊

我面向西风
西风独自清凉

在风中

心事比石头
还要沉重
一个人不再怕
被风吹走
才发现已经
沧桑满怀

诗句

她提了一大口袋的
诗句
从故乡回来
打开来看
里面有
花生 葡萄
还有许多
咩咩的羊叫

123

旧时光

仿佛是
淡淡的月光下
稻花的香
有雨雾的迷茫
亦有虫鸣的惆怅

柳宗元

是不是
雪里的青山
会更加的妩媚
他披上蓑衣
划起小船
驶向了孤山

她的身影 烟一般 落在他墨色的 戎马生涯里 如梦如幻。

03

流／年

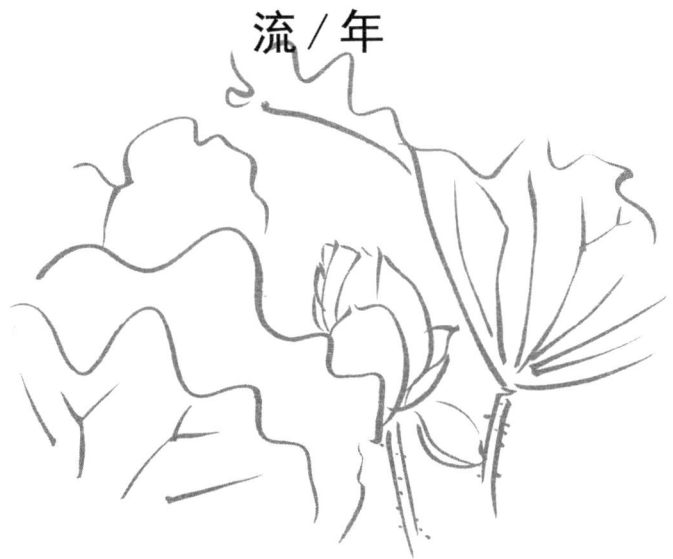

初夏

响晴的蓝天

桃花粉红　杏花浅白

是谁家的姑娘

着了鹅黄衣衫

在绿荫里饮一杯

初夏的黄酒

与她对饮的人　又是谁

初 恋

远山上笼着
淡淡的彩虹
似一场　隐约的梦
少年人的唇边
写着浅浅的笑容

白

你就是我
淡蓝的天空里
一片　纯真的白

130

暗 恋

像一粒灰尘
仰望着白云
她看到天空的蓝
好深邃

他

他像烈阳一般
照在她
幽静的天空
天光云影里
明暗变幻不停

月夜之三

月亮好大
思念在心里面
长出粉红花瓣
而夜已微蓝

柚 子

爱情在日光里
一天一天成长
就像柚子这么酸
这么凉

这么滋味深长

爱之三

是一簇神秘的火焰
是一群缥缈的飞鸟
是一片奇幻的云朵
是一阙清丽的新雨

雨天的傍晚

窗外是雨是雾是迷离
是绮丽　是明朗
是微暖的光
是隐约的梦
是朦胧的你

青 果

树叶间闪烁着
太阳的微芒
有青涩的果子
在慢慢生长
不知道要到几时
你才能够和我
一起赏芬芳

137

因为爱情

世间如此明丽
万物甜美起来
她觉得自己
也变成了
娇柔的一粒樱桃

她之一

他的心思暗淡得
如同阴天里
灰色的云朵
而她明亮温暖
一如炉火

139

云雀

好像听到肖邦就会下雨
听到你说话　就会天晴
仿佛云雀　跃上了云顶

月　下

她看到他的眼睛里

落满了　万千的月光

大朵的荷花

在月下　开得明朗

夏夜

就让我们彼此陪伴着
一起老去吧
和门外的茉莉一起老去
和草间的虫声一起老去
和万千的月光一起老去
和不灭的星光　一起老去

你给的暖

是细雨的空灵
是初夏的青
是小花朵的笑容
是一整个天空
星月的明

烟之一

他像烟一般
教人着迷
像有着淡淡的
药草香

欢 喜

她静静地想着
他温柔的话语
心里面有着
薄荷般
清亮的欢喜

145

白露

他安静地想着
那个白露一样
神秘的姑娘
她有着清幽的
淡淡光芒

五月之二

有许多的想念

落在花朵上

落在微风里

落在草芽上

我们许久不见

青颜色的五月

沉默着

一言不发

她之二

好像在雾天
遇到了一朵
粉颜色小花
影影绰绰地
在他的眼前
不停摇曳着

薄荷之二

薄荷的清香
若隐若现
长夜静寂无言
她在院子里
看着月亮
缓缓地
升到了中天

春日花朵

春日里有着
繁复的雨和晴
瘦瘦的花朵
寂寂地　将心事
说与　一片云听
说与　一阵雨听

等待之二

是不是要
一直等到傍晚
他的小茉莉
才会开口
和他 讲一句话?

紫藤花

紫藤里密密地写着
淡白的心事
一粒花朵
就是一声低语
解语的人
去了哪里

秋 思

雨大起来了
粉色的蔷薇
在雨雾里　摇晃着
细密的泪珠
在睫毛里　摇晃着

相 逢

记忆遍布尘埃
连鸟雀也都
不再讲话
数不清的时令
数得清的相逢

蝉 鸣

心事就像蝉鸣

满满地

落在院子里

她皱紧眉头

无计可施

雨 天

屋子里的他
焦灼不安
屋外面的雨
小心翼翼
怎么还是没有
她的消息

雪之一

是不是雪里面
捎来了你的消息
可是我
却找不到　是哪一粒

157

雪之二

一场雪其实就是
许多纷扬的情绪
就像爱上一个人
那么白　那么美
那么忧伤　那么真

陡坡

她的回复越来越单薄
他觉得自己的人生
开始走到了
一处陡坡

失恋之一

他的表情难过得
好像一个伤兵
单薄瘦弱
仿佛需要
一盆炭火

失恋之二

她一直在掉着眼泪
看着偶像剧
像是在慢慢地
喝着一味中药

失恋之三

她觉得自己
就像是冬日的残荷
落满了　寂寂的大雪

她画的画

他定定地看着
她画的画
画中的花朵
只开一半
像是在犹豫着
要不要
开口说话

163

补 丁

她还是觉得
和好之后
他们的感情
就打上了一块
小小的补丁

时刻表

是不是我拿错了
爱的时刻表
一路狂奔着
却还是没赶上
你远去的踪影

离别

那天的太阳好大
她的红围巾
好耀眼
他一个人走得
越来越远
一直远到
云彩的　另一端

别 后

她走以后
他种的花朵
都似乎
只开一半
而北风
也比从前
走得要慢

心事

心事在不停地
打着秋千
可是秋风还在
不停地扰动
明月她一言不发

霜

像是失恋一场
草木挂上了霜
暗淡的秋颜色里
不见流光

城 墙

你走得已经太久
我的心里
开始渐渐荒凉
凉成一处
古老的城墙

落着薄薄的
夕阳

低低的爱

没有风的夜晚
她听见星子
在窗外轻轻地说：
你懂我
低低的爱么

171

老 歌

走着走着
你就成了一首
熟悉的老歌
而我却不能
轻轻地和

蓝

渐行渐远

最后远成了

细雨中

微微的 一点蓝

冬 日

风里面像是有
一场透明的雪
灰白的冬天里
他想念着
他那温暖的
小花朵

紫色的花

走着走着
就好像老了
老成一朵
紫颜色的花
在时光里
不停沉默着

流年

她的样子
在花影里婆娑着
紫了流年
白了时光

忘忧草

她决定晚餐
就吃萱草
闻说此花
亦叫忘忧草
她尝了一尝
味道辛凉
有着单调的香
"此香可以忘忧"
书中言之凿凿
可是她的胸口
为何依旧寒凉

爱的尾声

像晚风这么轻
像十月的桂子
这么淡
像秋末的云朵
这么遥远
像白纸上
小小的
一丁点蓝

荷 花

她像是一朵
粉颜色的荷花
在他水墨色的
往事里
长久地　沉默着

烟之二

她的身影
烟一般
落在他墨色的
戎马生涯里
如梦如幻

旧日恋情

往事淡成了
春天里
落满阳光的
丝缕积雪

雪之三

旧故事好像是一片雪
有着清明的光
我和它安静地对坐着
没有一点的风
也听不到山泉的幽鸣
我确定没有丁点的雾
也确定没见到你的身影

月亮之四

琥珀色的往事
将她包围
她陷在懊恼里
月光轻轻地走进来
拍一拍她的肩膀：
　"都过去了。"
她听见月亮
温柔地说着

想起他来

像是有炊烟
落在碧天
像是有风伴着
轻轻的云烟
像是有冬天的太阳
暖暖的一团

古典爱情

是不是古典的爱情
已经不受欢迎了
已经和花瓶一起
放到古玩店了
店里面是有菩萨的吧
请菩萨好好保护她

琥 珀

往事一天天
透明起来
像一粒粒的琥珀
装满她的记忆

自 语

"都是二十年前
小儿女的旧想法了。"
她懊恼地自语着
想要把往事
从心里面
统统地　押解出境

187

花朵之二

她已经不记得
旧时的许多枝蔓
只记得
美丽的小花朵
暖暖的

一尘不染

他的想念

想起她来
就好像
墨绿的湖面
飞过了一只
白色水鸟

藤萝

她的影子
和藤萝一起
洒在纱窗上
午后的斜阳
仿佛是
似曾相识的
旧时光

风中的丘比特

是谁在碧天下
抱着一坛黄酒
不时地絮叨着
丘比特立在风中
远远地　叹息着

小花

华丽的青春

最终淡成了

水墨画上的

一片空白

三两朵小花

在他的画纸上

轻轻地　摇曳着